Une vie

FichesdeLecture.com

Une vie
(Fiche de lecture)

I. INTRODUCTION

Une vie ou l'Humble vérité est un roman écrit par Guy de Maupassant (1850-1893), publié pour la première fois sous forme de roman-feuilleton en 1883 dans la revue *Gil Blas*. Il s'agit du premier roman de l'écrivain, dont la genèse et la composition ont été les plus longues. Il commence à concevoir son ouvrage en 1877, l'interrompt puis, encouragé par Flaubert, reprend son travail en 1881 et achève son brouillon vers le mois de mai 1882. D'ailleurs, la dédicace du roman est adressée à Flaubert, décédé entre-temps.

Le roman suit l'existence d'une jeune femme, Jeanne, « depuis l'heure où s'éveille son cœur jusqu'à sa mort ».

II. RÉSUMÉ DU ROMAN

Chapitre I

En 1819, Jeanne, la fille unique du baron Le Perthuis des Vauds, sort du couvent où elle a été éduquée. Elle est âgée de dix-sept ans. Elle persuade ses parents de s'installer dans leur propriété près de la falaise d'Yport, le château des Peuples.

Chapitre II

Jeanne y mène une existence en toute liberté et dans l'apaisement et le bonheur. Ses journées se passent en lectures, en rêves éveillés et à travers la découverte de la nature. Elle profite de son temps libre pour s'adonner à son passe-temps favori, la pêche.

Chapitre III et Chapitre IV

La vie devient beaucoup moins agréable pour la jeune femme dès lors qu'elle épouse Julien de Lamare. Leur nuit de noces est très décevante. Le doute s'installe dans le coeur de la jeune femme.

Chapitre V

Cependant, lors de leur voyage de lune de miel en Corse, elle parvient à connaître le plaisir avec Julien.

Chapitre VI

Dès leur retour au château des Peuples, la vie redevient plutôt plate et mélancolique. D'ailleurs, les jeunes époux font chambre à part. Ils partagent leur existence dans la tristesse et l'ennui.

Chapitre VII

L'ennui est quotidien ; il n'est brisé que par l'accouchement de Rosalie, la fille de chambre et soeur de lait de Jeanne. Cette dernière l'a d'ailleurs trouvée une nuit dans le lit de son époux. Elle s'enfuit mais, après s'être évanouie et avoir passé quelque temps en convalescence, elle découvre qu'elle est enceinte.

Chapitre VIII

Sa grossesse est pénible et, élément qui n'arrange rien à la situation, Julien se met à fréquenter les Fourville, des hobereaux du coin. Enfin, Jeanne accouche d'un fils, Paul, plus tôt que prévu.

Chapitre IX

Peu de temps après l'accouchement, Jeanne s'aperçoit que Julien entretient une liaison avec Gilberte de Fourville. De plus, elle découvre dans des papiers de sa mère décédée récemment, des preuves écrites d'un adultère passé avec un ami de son père.

Chapitre X

Le Comte de Fourville apprend tout sur l'infidélité de sa femme, par l'intermédiaire de l'abbé de Tolbiac, un religieux fanatique. Le Comte pousse alors dans le vide la roulotte des amants, du haut d'une colline.

Le même soir, Jeanne accouche d'un second enfant, mais celui-ci est déjà mort.

Chapitre XI

Dès lors, Jeanne reporte son affection sur son unique fils, qu'elle couve à tel point qu'elle refuse de se séparer de lui à l'âge où il devrait intégrer l'école. Lorsqu'il atteint l'âge de dix-sept ans, toutefois, elle finit par céder et l'envoie en pension au Havre. Mais trois ans plus tard, Paul s'enfuit avec une fille, noyé dans les dettes. Les Peuples sont mis sous hypothèque. Le baron décède et Rosalie vient habiter avec Jeanne.

Chapitre XII

Rosalie reprend quelque peu en main la gestion du château ou, plus généralement, « le gouvernement des choses ». Elle pousse Jeanne à revendre le château, puis à emménager dans une plus petite maison dans les terres, avec le peu d'argent qu'il leur reste.

Chapitre XIII

Jeanne se met à penser à son fils et part à sa recherche à travers Paris. Mais sa quête est vaine, et elle ne fait finalement qu'éponger les dettes de Paul.

Chapitre XIV

Elle s'installe dans un quotidien dangereusement basé sur le souvenir et la névrose. Heureusement, elle reçoit un jour une lettre de Paul, qui lui apprend que sa maîtresse se meurt alors qu'elle vient d'accoucher d'une fillette. Rosalie amène l'enfant chez Jeanne et lui annonce le retour de son fils dès le lendemain. Le livre s'achève sur cette idée: « la vie ça n'est jamais si bon ni si mauvais qu'on croit ».

III. PRÉSENTATION DES PERSONNAGES PRINCIPAUX

Jeanne Le Perthuis des Vauds

Le roman se concentre sur l'existence de la jeune femme, dès ses 17 ans. Elle est toujours désignée par son prénom, ce qui fait qu'on en vient à oublier son titre de noblesse à travers son nom.

Physiquement, elle est présentée comme une jeune femme blonde aux yeux bleus, plutôt bien constituée. Son éducation a fait qu'elle ne semble pas vivre dans la réalité. Concernant le mariage par exemple, elle imagine seulement l'innocence et la pureté des liens. La brutalité sexuelle de Julien va la faire redescendre sur terre. Par la suite, elle se consacre totalement et excessivement à son fils Paul.

Jeanne est caractérisée par une tendance à l'immobilisme. Géographiquement déjà, la majeure partie de sa vie se déroule en Haute-Normandie. Ensuite, la jeune femme connaît une lente chute à travers la perte de ses rêves et illusions ; lorsqu'elle sort du couvent et réintègre les lieux de son enfance, elle y retrouve tous ses rêves de futur. Mais la vie la détrompe peu à peu.

Sur de nombreux points de caractère, Jeanne est inspirée d'Emma Bovary.

Julien de Lamare

Personnage certainement le moins sympathique du récit, Julien joue plusieurs rôles : il est tour à tour le séducteur de Jeanne, un mari décevant, puis un père pour leur fils Paul. Ils se rencontrent peu de temps après l'arrivée de Jeanne aux Peuples et se marient dans la foulée, soit deux mois après.

Manipulateur, il maîtrise bien l'art des apparences, aussi bien dans la parole qu'au niveau de l'apparence physique. Il est aussi égoïste, avare, et prompt à la tromper, puisque Jeanne découvre sa tendance à l'adultère de manière très brutale. Il est d'ailleurs tué avec sa maîtresse par le mari de cette dernière, devenu fou.

Rosalie

Rosalie est une servante qui apparaît tout au long du roman. Sœur de lait de Jeanne, elle va l'accompagner dans toute son existence, la soutenant dans les moments difficiles, et prenant le relais lorsque sa maîtresse et amie n'est plus en mesure de gérer sa vie et ses biens. Si elle quitte la famille un temps, après que Julien l'ait mise enceinte, elle revient cependant des années plus tard pour aider son amie, dévastée par la disparition et les dettes de son fils.

Paul

Fils de Jeanne et Julien, Paul est surnommé « Poulet » par ses parents. Il est choyé, voire étouffé pendant des années par sa mère. Par conséquent, il manque d'éducation, malgré l'instruction que lui fournit son grand-père. A 15 ans, on l'envoie enfin au collège du Havre, mais il s'enfuit deux ans après, voyageant en Europe en quête de richesse. Il a un goût prononcé pour la fête, se laisse facilement entraîner dans des entreprises ou aventures sans lendemain, et ses dettes finissent par le dépasser. Il demande des sommes toujours plus importantes à sa famille. Il revient chez sa mère, avec une petite fille, après des années d'absence.

Le père de Jeanne

Le père de Jeanne, le baron Simon-Jacques Le Perthuis des Vauds, est un homme anti-clérical, voltairien *, qui a le coeur sur la main mais un caractère plutôt faible et influençable. Il est directement inspiré de la famille de Maupassant.

IV. THÈMES DE LECTURE

La vie de Jeanne, particulière et générale

La force du roman vient du fait que, bien que la vie de Jeanne soit unique, tout comme ses perceptions, elle permet aussi d'incarner une sorte de modèle (bien que désespérant sur de nombreux points).

Sa vie est construite sur une série d'illusions qui s'évanouissent avec brutalité les unes après les autres. Pourtant, cette lente déchéance ne provoque aucun sentiment de rébellion chez Jeanne, qui accepte tranquillement son destin. Ainsi, lorsqu'elle surprend Rosalie avec Julien, elle ne fait que s'enfuir « l'esprit perdu ». Elle est résignée et très passive, atteignant parfois un stade proche du végétatif. Le refuge dans le passé compense le manque de réalisation d'un futur rêvé.

On voit dès lors que son bovarysme est différent de celui développé par Flaubert. Chez Jeanne, le rêve déçu conduit à la résignation, et non à un quelconque recours contre le réel. Souvent, la conclusion en est la suivante « Oui, c'était fini d'attendre ».

Mais bien que particulière, l'existence de Jeanne a quelque chose de très général dans les obstacles qu'elle rencontre. L'adultère de Julien (« comme tout le monde »), l'éloignement de son fils (« il y a toujours un moment où il faut se séparer »), toute épreuve paraît normale.

Cette vie (ou non-vie, pourrait-on dire parfois) rend une impression très pessimiste. Toutefois, la fin du roman vient redonner une lueur d'espoir à travers l'arrivée de la petite fille de Paul. Reste à savoir si le cycle répétitif du roman n'annonce pas de nouvelles déceptions à venir...

La place de l'argent dans le roman

Tous les personnages ont un rapport particulier à l'argent.

Julien se révèle avare, tandis que Jeanne sort à peine d'une partie ludique de son existence, où l'argent n'est absolument pas une préoccupation pour la jeune femme plongée dans ses rêveries. Mais elle va rejoindre le camp des perdants, c'est-à-dire des personnages incapables de faire fructifier ce qu'ils ont reçu initialement. Pourtant, grâce à sa famille fortunée, Jeanne a beaucoup d'argent en main dès le début du roman. Il faut dire, pour sa défense, que la perte de sa fortune est due en grande partie aux dettes de Paul.

Rosalie, au contraire, n'avait pas beaucoup d'argent à la base ; mais le peu qu'elle touche finit par être économisé et rentabilisé, notamment aux côtés de son mari.

L'importance du temps qui passe

Si la vie de Jeanne semble s'être arrêtée, en revanche les saisons continuent de tourner. Elles jouent un rôle fondamental chez Maupassant.

En effet, c'est un bon moyen pour l'écrivain d'exprimer les sentiments de son héroïne et l'impression du temps qui passe. Il est intéressant de noter que l'ouvrage s'ouvre sur un printemps, et se clôt aussi sur cette saison.

Entre temps, l'espoir passe, mais peut-être est-il susceptible de revenir au premier plan avec ce choix de conclusion.

Mort et amour

Ce sont des thèmes majeurs dans l'œuvre. Le nombre de décès est très important dans *Une vie*.

On peut citer chronologiquement la mort de la mère, du mari et de sa maîtresse, de la chienne, de la tante Lison, du mari de Rosalie, de la femme de Paul... parmi d'autres. Certains décès sont présentés directement au lecteur, tandis que d'autres sont beaucoup plus discrets. Quoi qu'il en soit, il est intéressant de constater que chacun trouve une mort qui lui ressemble. Le thème de la mort soulève de nombreuses interrogations, notamment parce qu'il vient entrer directement en conflit avec le titre du roman.

Aux côtés de la mort s'exprime l'amour. L'écrivain Maupassant privilé-giait les plaisirs charnels aux sentiments dans sa propre existence. En ce sens, Julien est plus proche de lui que ne peut l'être Jeanne. D'ailleurs, l'infidélité dans le mariage est élevée au rang de norme et, pour un disciple de Schopenhauer, il faut rappeler que l'union matrimoniale est « une chose futile et insignifiante ». L'amour est donc en faillite dans la vision du roman.

Influence et refus des mouvements de son époque

Maupassant déclarait ne croire ni au réalisme ni au naturalisme dans la littérature. On peut pourtant ressentir l'influence de ces mouvements dans son œuvre. En matière de roman, le naturalisme vise à la description des milieux sociaux de la manière la plus réaliste et précise, donc scientifique, par les écrivains. Zola a par exemple développé cette approche. A cet égard, *Le roman expérimental* explique bien ce que l'on attend du réalisme en littérature. Il s'agit donc d'observer et de rendre compte au maximum des interactions entre l'individu et la société, et la manière dont ils se modèlent l'un l'autre.

Cependant, si l'on ressent l'influence du mouvement sur Maupassant, il faut rappeler que ce dernier considérait qu'il est impossible de reproduire de manière exacte la réalité d'une vie dans une œuvre. Ainsi, Maupassant ne livre pas d'indication sur le contexte historique ou politique qui aurait pu constituer l'arrière-plan de la vie de Jeanne. Mais on s'aperçoit que l'esthétique naturaliste se retrouve dans l'œuvre, à travers les éléments suivants:

- le refus d'une intrigue basée sur des rebondissements
- la figure d'anti-héros de Jeanne
- l'éducation et l'influence familiale sur la vie de la jeune femme (une sorte de déterminisme culturel de son milieu)
- le refus de l'imaginaire

Dans la même collection en numérique

Les Misérables
Le messager d'Athènes
Candide
L'Etranger
Rhinocéros
Antigone
Le père Goriot
La Peste
Balzac et la petite tailleuse chinoise
Le Roi Arthur
L'Avare
Pierre et Jean
L'Homme qui a séduit le soleil
Alcools
L'Affaire Caïus
La gloire de mon père
L'Ordinatueur
Le médecin malgré lui
La rivière à l'envers - Tomek
Le Journal d'Anne Frank
Le monde perdu
Le royaume de Kensuké
Un Sac De Billes
Baby-sitter blues
Le fantôme de maître Guillemin
Trois contes
Kamo, l'agence Babel
Le Garçon en pyjama rayé
Les Contemplations

Escadrille 80

Inconnu à cette adresse

La controverse de Valladolid

Les Vilains petits canards

Une partie de campagne

Cahier d'un retour au pays natal

Dora Bruder

L'Enfant et la rivière

Moderato Cantabile

Alice au pays des merveilles

Le faucon déniché

Une vie

Chronique des Indiens Guayaki

Je voudrais que quelqu'un m'attende quelque part

La nuit de Valognes

Œdipe

Disparition Programmée

Education européenne

L'auberge rouge

L'Illiade

Le voyage de Monsieur Perrichon

Lucrèce Borgia

Paul et Virginie

Ursule Mirouët

Discours sur les fondements de l'inégalité

L'adversaire

La petite Fadette

La prochaine fois

Le blé en herbe

Le Mystère de la Chambre Jaune

Les Hauts des Hurlevent

Les perses

Mondo et autres histoires

Vingt mille lieues sous les mers

99 francs

Arria Marcella

Chante Luna

Emile, ou de l'éducation

Histoires extraordinaires

L'homme invisible

La bibliothécaire

La cicatrice

La croix des pauvres

La fille du capitaine

Le Crime de l'Orient-Express

Le Faucon malté

Le hussard sur le toit

Le Livre dont vous êtes la victime

Les cinq écus de Bretagne

No pasarán, le jeu

Quand j'avais cinq ans je m'ai tué

Si tu veux être mon amie

Tristan et Iseult

Une bouteille dans la mer de Gaza

Cent ans de solitude

Contes à l'envers

Contes et nouvelles en vers

Dalva

Jean de Florette

L'homme qui voulait être heureux

L'île mystérieuse

La Dame aux camélias

La petite sirène

La planète des singes

La Religieuse

À propos de la collection

La série FichesdeLecture.com offre des contenus éducatifs aux étudiants et aux professeurs tels que : des résumés, des analyses littéraires, des questionnaires et des commentaires sur la littérature moderne et classique. Nos documents sont prévus comme des compléments à la lecture des oeuvres originales et aide les étudiants à comprendre la littérature.

Fondé en 2001, notre site FichesdeLectures.com s'est développé très rapidement et propose désormais plus de 2500 documents directement téléchargeables en ligne, devenant ainsi le premier site d'analyses littéraires en ligne de langue française.

FichesdeLecture est partenaire du Ministère de l'Education du Luxembourg depuis 2009.

Plus d'informations sur www.fichesdelecture.com

ISBN: 978-2-511-02971-8

Notes :